LE REMEDE CONTRE L'AMOUR.

POËME,

EN QUATRE CHANTS,

DEDIÉ

AUX DAMES AIMABLES.

M. DCC. LXII.

PRÉFACE.

O VIDE, cet Auteur célebre, dont l'Amour conduifit le pinceau, & fur les Ecrits duquel les Graces répandirent des fleurs, m'a fourni l'idée de cet Ouvrage. Mais on remarquera fans peine la différence qu'il y a entre le Poëme latin & le mien. La plûpart des remedes qu'Ovide prefcrivit aux Romains, paroîtraient ridicules aux Français. Un Auteur qui confeillerait aux Amans malheureux de fe fouvenir de ce que leur maîtreffe leur a volé, de fe défaire de leurs richeffes, de ne pas boire de vin, de puifer le dégoût de l'Amour dans la jouiffance outrée, &c. ferait auffi généralement méprifé à Paris, que le Chantre du Pont fut eftimé à Rome.

Ovide fait plûtôt des reprimandes à l'Amour que des excufes. Vous ne devez pas être caufe, lui dit-il, qu'un Amant fe pende, qu'un autre fe poignarde, &c. Il ne diftingue point les remedes qui peuvent fervir aux Dames; il fe contente de leur dire qu'elles prendront pour elles ceux qui leur conviendront. Il femble encore ne vouloir guérir que les Amans épris d'un

Amour trop violent & forcené. Il s'efforce de
leur prouver que l'Amour est la cause de leurs
tourmens. Il les exhorte à fuir pour toujours ses
étendards ; & quand il pense qu'ils sont guéris,
il les quitte, sans leur donner des conseils pour
la suite. J'ai pris une route toute différente ; je
tâche d'appaiser l'Amour en lui disant, qu'il
n'est pas la cause des chagrins qu'éprouvent les
Amans. Je fais mes efforts pour persuader à ces
derniers qu'ils ne sont malheureux qu'en con-
séquence de leur mauvais choix. Je leur con-
seille d'en faire un nouveau avec attention &
avec prudence, pour leur faire goûter les douceurs d'un engagement bien assorti, & pour les
convaincre que l'Amour, loin d'être un Tyran,
est le Dieu de la Félicité.

J'ai cru que mon sujet exigeait un style sim-
ple & concis, des vers enfantés par une aimable négligence ; & que mon Ouvrage devait
acquérir par degré plus de force & de volupté.
Enfin j'ai consulté des personnes célebres par
le génie, l'esprit, le bon goût & la délicatesse.
J'ai fait usage de leurs avis ; elles ont paru con-
tentes de l'exécution de mon plan. C'est une
bagatelle qui, sans doute, n'excitera la criti-
que ni des insectes ni des aigles du Parnasse. S'il
leur prend envie de la censurer, je regarderai

celle des premiers comme un effet de leur ja-
loufie, celle des feconds me fervira d'encou-
ragement, & pour toute réponfe je me corri-
gerai.

Fin de la Préface.

EPITRE

A VOUS-MÊME,

MAD.

T Ransporté, par un songe, au haut de l'Empirée,
J'ai cru voir, cette nuit, la belle Citherée,
L'aimable Hébé, le Dieu qu'invoquent les Amans,
Les Graces, les Vertus, les Muses, les Talens,
Qui d'un air satisfait recevaient mon Poëme.
    Charmé de ce succès flatteur,
      Je me croyais un Dieu moi-même,
Quand Morphée, en fuyant, a détruit mon erreur.
Que vois-je ? Est-il bien vrai ! vous lisez mon
    Ouvrage :
Quoi ! vous me permettez de vous en faire hommage.
Ah, dois-je craindre encore un trop fatal réveil ?
    Non, vous réalisez mon songe ;
    Mon bonheur n'est plus un mensonge.
Et j'étais moins heureux dans les bras du sommeil.

Fin de l'Epître.

LE REMEDE
CONTRE
L'AMOUR.

EXORDE.

L'Amour piqué du titre de cet Ouvrage, y applaudit ensuite, sur la courte analyse que lui en fait l'Auteur.

CE titre était tracé, quand le Dieu de Cithere
Parut & m'arrèta : quoi, dit-il, téméraire,
Tu ne redoutes point le plus puiffant des Dieux !
Non, m'écriai-je, Amour, non, je fais beaucoup
    mieux :
Mon ame t'idolâtre, & je ferais coupable,
En redoutant un Dieu bienfaifant, tendre, aimable.
Voué, prefque en naiffant, aux charmes des plaifirs,
Au rang de tes bienfaits je compte mes foupirs.

Que deux tendres Amans, qu'un même cœur anime,
Qui fentent des tranfports épurés par l'eftime,
Sur l'aîle des defirs volent entre tes bras,
Qu'ils moiffonnent les fleurs qui naiffent fous tes pas,

A iv

Loin de vouloir fermer leur ame à la tendreſſe,
J'approuve leur ardeur, leurs tranſports, leur ivreſſe;
Qu'ils cueillent de Paphos les fruits délicieux;
Dans le ſein des plaiſirs qu'ils deviennent des Dieux,
Mais mille jeunes cœurs naïfs, ſans défiance,
Eblouis & trompés par la fauſſe apparence,
Gémiſſent dans les fers d'un perfide vainqueur,
Qui d'Amante ou d'Amant n'a que le nom flatteur;
Ils penſent te devoir leurs ſanglots & leurs larmes;
Ils tremblent à ton nom; ils abhorrent tes armes;
Leur prouver ta douceur en guériſſant leurs maux,
Voilà quel eſt, Amour, le but de mes travaux.

Je dis . . . ce Dieu charmant, de qui la douce flamme
Vivifie & nourrit & maîtriſe notre ame,
De l'œil & d'un ſoûrire approuvant mon projet,
Me permet de traiter un ſi noble ſujet.
D'une main complaiſante il cherche ſous ſon aîle,
Choiſit, d'un air flatteur, ſa plume la plus belle,
Prend, pour la bien tailler, le trait le plus tranchant,
L'eſſaye & s'applaudit, & m'en fait un préſent.
Hélas! il diſparaît, & ſa cour ſuit ſes traces :
Heureux, auprès de moi, s'il eût laiſſé les Graces.

CHANT I.

Le mauvais choix caufe tous les chagrins des Amans.

Confeils propres à guérir les Amans malheureux de l'un & de l'autre fexe.

O Vous, qui vous plaignez des amoureufes loix,
Apprenez que vos maux naiffent de votre choix.
Je veux vous affranchir d'un cruel efclavage ;
Je veux qu'un fort plus beau faffe votre partage ;
Je changerai vos fers en guirlandes de fleurs ;
Vous chanterez alors l'Amour & fes douceurs.
Répands fur mes Ecrits, Dieu de la Poéfie,
Ce charme naturel qu'enfante le génie.
L'air négligé me plaît : mon cœur eft enchanté,
Quand je vois, le matin, une jeune beauté,
Qui n'a de vermillon qu'une legere couche,
Un fimple battant-l'œil, un ruban, une mouche ;
Celle qui fous trop d'art déguife fes appas,
Me frappe, m'éblouit, & ne me touche pas.

Divinités du Tems, vous à qui la Nature
A prodigué l'efprit, le bon goût, la figure,
Trop fenfibles Beautés, vous que condamne aux pleurs
Un perfide comblé des plus tendres faveurs ;
Galans infortunés, vous de qui la tendreffe
Eft affervie aux loix d'une indigne maîtreffe,

Dans mes fages confeils, puifez votre bonheur ;
Triomphez du tyran qui vous perce le cœur.
Par ma voix, la raifon vous fournira des armes ;
Dérobez-vous aux traits qui font couler vos larmes ;
Bravez leurs coups mortels, changez votre deftin,
Etouffez le ferpent qu'enferme votre fein.

Faites-vous de vos maux la plus horrible image,
Empruntez le pinceau du dépit, de la rage ;
Rappellez-vous le tems où vos foupirs, vos pleurs
Etaient récompenfés par des regards moqueurs ;
Songez combien de fois, loin de calmer vos craintes,
En frédonnant un air on a reçu vos plaintes.
N'a-t-on pas partagé vos tranfports les plus doux ?
Eft-on venu trop tard à quelque rendez-vous ?
A-t on flatté quelqu'un d'un foûrire agréable ?
A-t-on fait à quelque autre un accueil favorable ?
Cherchez, n'oubliez rien. Chacun de ces canaux
Peut à peine arrofer vingt frêles arbriffeaux ;
Voyez, non loin de nous, leur onde réunie,
Sous fes flots bouillonnans éteindre un incendie.

Craignez, fuyez l'afpect de deux cœurs amoureux ;
Leur tendre épanchement irriterait vos feux.
Verrez-vous de fang froid un Amant, une Amante
Epris & tranfportés d'une flamme naiffante ;
Qui peignant les attraits du plus charmant des Dieux,
Expriment leurs defirs de la bouche & des yeux ?
Verrez-vous de fang-froid leur trouble, leur délire,
Cette tendre fureur que l'amour leur infpire ?
Elle enflamme leurs yeux & fait pâlir leur tein.
Que vois-je ? dévoilant l'yvoire d'un beau fein,
L'Amant le fait rougir fous une bouche ardente.

Quel exemple ! fuyez, la scene eſt trop touchante !
Un ſpectacle pareil n'eſt fait que pour les Dieux ;
Craignez pour votre cœur le plaiſir de vos yeux.

Dans le premier tranſport d'une douce défaite,
La plume ſert le cœur, elle eſt ſon interprete :
Un eſprit délicat, empruntant ſon ſecours,
Touche plus vivement l'objet de ſes amours :
Par elle, ſans rougir, une Amante timide
Dévoile par degrés le penchant qui la guide :
Par elle, de l'abſence, on charme les tourmens,
Et l'on brave les ſoins des jaloux, des tyrans ;
Elle nourrit l'ardeur d'une flamme chérie ;
Mais ſouvent elle ſert la noire perfidie.
Avec un ſoin exact cherchez vos billets doux ;
Songéz que ces écrits conſpirent contre vous,
Déjà plus d'une fois ils ont ſçu vous ſurprendre.
Quoi ! vous lancez ſur eux le regard le plus tendre ?
Hélas, vous vous perdez ! commandez à vos yeux,
Gardez-vous d'écouter leur déſir curieux ;
Si vous liſez un mot de ces perfides gages,
Votre cœur oubliera les plus cruels outrages ;
Que le feu, dévorant ces écrits impoſteurs,
Vous venge & vous dérobe à de plus grands malheurs.

Empruntant le ſecours de l'aimable Peinture,
L'Amour cache ſes traits ſous une miniature.
Renvoyez un portrait qui vous ſerait fatal ;
Il eſt plus dangereux que ſon original.
D'un pinceau délicat, *Vincent*, nouvel Appelle,
A peint exactement une peau fine & belle,
Des yeux touchans où regne une tendre langueur,

Une bouche qu'anime un foûrire enchanteur,
Une figure noble, aimable, intéreffante,
Une gorge d'albâtre, une taille charmante :
Mais traçant les beautés, a-t-il peint les défauts ?
Une humeur inconftante, un efprit, un cœur faux ?
Craignez de ce portrait la douceur menfongere,
Songez que fous ces fleurs fe cache une vipere.

La lecture adoucit les maux les plus cuifans ;
Lifez, mais n'ouvrez pas des livres trop touchans.
Je vous défens fur-tout ces vers pleins de tendreffe ,
Enfans nés dans le fein d'une douce molleffe,
Qui peignent le plaifir avec le fentiment,
Qui nous font palpiter le cœur en les lifant.
Je me fens attendrir par les vers de Catulle,
Et je fuis tout de flamme en parcourant Tibulle.

Sur le bord de la Seine eft un charmant féjour,
Que la nature & l'art décorent pour l'Amour.
Dans ces lieux enchantés la noble Architecture,
Le marbre façonné des mains de la Sculpture,
Un bois délicieux, des tapis verdoyans,
Frappent les yeux furpris, & raviffent les fens.
Mille brillantes fleurs, que Zéphire careffe,
Font avec leurs parfums refpirer la tendreffe.
Tout y charme le cœur. Les amoureux oifeaux,
Mêlant leur doux concert au murmure des eaux.
Semblent dire aux Amans : « Habitez ces retraites,
» Goûtez-y, comme nous, des délices parfaites ;
» Volez, ne craignez point de former des defirs ;
» L'immortelle Beauté que fuivent les plaifirs,
» La volupté, l'Amour y réfident fans ceffe ».

C'eſt-là que tous les ſoirs une vive jeuneſſe,
Vole de toutes parts dans des chars éclatans,
Pour diſputer le prix à force d'agrémens.
Tout y ſent le deſir & d'aimer & de plaire,
Si j'en crois mes tranſports, c'eſt Gnide, c'eſt Cithere,
Là, des yeux animés par le feu le plus beau,
Recelent de l'Amour les traits & le flambeau.
Ici ce ſein naiſſant porte par-tout la flamme ;
Son tendre élancement fixe les yeux & l'ame.
Cette taille divine & ſon contour parfait,
Font envier le ſort d'un bienheureux corſet.
D'un bouquet de pompons la tête couronnée,
Et d'un ſceptre brillant la main toujours ornée,
Cidàliſe fait voir qu'elle eſt Reine des cœurs.
Qu'on ne s'expoſe point dans ces lieux ſéducteurs.
Pouſſé vers ces écueils par un deſtin contraire,
Si l'on voit le Tyran dont on veut ſe défaire ;
Qu'on affecte un ton gai, qu'on prenne un air ſerain,
Qu'on déguiſe avec ſoin ſon trouble & ſon chagrin.
Point de reproche amer, point de tendre murmure,
Paraiſſez oublier juſqu'à votre rupture.
Que voi-je ! pour vous vaincre on a recours aux pleurs :
Loin d'en être attendri, redoublez vos froideurs.
Il eſt touchant de voir un objet plein de charmes,
Qui baiſſe, en ſoupirant, des yeux noyés de larmes,
Inonde un tein de lys, & ſemble demander
Un généreux pardon, qu'on brûle d'accorder.
Songez qu'il eſt des yeux inſtruits & pleins d'adreſſe ;
Leurs pleurs prouvent la ruſe, & non pas la tendreſſe.
Vous molliſſez.... un rien agite les roſeaux.....
Ce rocher ſourcilleux eſt ferme au ſein des eaux....

CHANT II.

Remedes propres aux hommes seulement.

Histoire de Damon & de Thémire.

V Ain du nom de Docteur , un enfant d'Esculape
Craint souvent qu'à ses loix un malade n'échappe.
Moi qui, dans Montpellier , ne fis jamais mes cours ,
Moi qui n'ai consulté qu'Ovide & les Amours ,
Moi qui demande aux Dieux , pour unique salaire ,
La gloire d'être utile & le bonheur de plaire ,
Moi qui n'ai point juré d'éterniser les maux ,
Moi qui suis Galien par des sentiers nouveaux ,
Qui n'ai pas dans mes mains les cizeaux de la Parque ,
Je veux vous dérober à la fatale barque.
Vivez , soyez heureux , mon cœur sera content.

Galans , c'est à vous seuls que je parle à-présent.
Le Dieu que l'on nous peint dans la plus tendre enfance,
Se jette dans les bras de la molle indolence.
Oui, c'est l'oisiveté qui nous rend amoureux ;
C'est elle qui fait naître & qui nourrit nos feux.
Autant qu'une Coquette éprise de ses graces ,
Se plait dans un sallon orné de mille glaces ,
Autant le tendre Amour chérit un cœur oisif ;
Il regne en souverain sur ce faible captif ;
Mais le moindre travail lui cause des allarmes :
Occupez-vous , Amans , vous briserez ses armes.

Si vous êtes doué d'un efprit créateur ;
Faites gémir la preffe, inftruifez le Lecteur ;
Etudiez les Loix, & devenez le pere
De l'Orphelin qu'opprime un Tuteur mercenaire.
Ou bien, bravant Vénus fous les drapeaux de Mars,
Suivez Broglie & Soubife à-travers les hazards ;
Méritez de Choifeul un regard favorable ;
Songez que ce Miniftre habile, infatigable,
Eclaire vos exploits fur la Terre & les Eaux ;
Héros lui-même, il fait connaître les Héros ;
Volez, il vous appelle au Temple de Mémoire :
Sur les pas de Louis, enchaînez la victoire ;
Et par mille hauts faits, fecondant nos Guerriers,
Triomphez de l'Amour à l'ombre des lauriers. *

Du Théâtre Français, le féduifant fpectacle,
A votre guérifon deviendrait un obftacle.
Le Dieu du fentiment ne forma pas en vain
L'immortelle Clairon, la célebre Gauffin.
Les pleurs de Melpomene, & les ris de Thalie
Augmenteraient les feux de votre ame attendrie.

Le remede fuivant, que je n'ai point jugé à - propos d'inférer dans le corps du Poëme, fera peut-être celui qui fervira à un plus grand nombre de perfonnes.

* Vous frémiffez, que vois-je : ah, le faible courage !
Vous craignez les fifflets, le travail, le carnage :
Votre crainte eft fondée. Apprenez le moyen
D'être occupé beaucoup, fans faire jamais rien.
Du moderne Procope affiégez la boutique ;
Là, devenu Savant, Guerrier, & Politique,
A Thémis, aux neuf Sœurs, vous dicterez des loix ;
Et vous ferez le fort des Peuples & des Rois.

Chaque Actrice à son gré nous range sous ses loix ;
L'Amour entre leurs mains a remis son carquois.

Redoutez l'Opéra, son éclat, ses merveilles :
Arnoult blesse les cœurs en frappant les oreilles.
Dieux ! comment résister aux doux enchantemens
Que forment la beauté, les graces, les talens.

Quoi ! malgré mes conseils vous n'êtes pas tranquille ?
Quels soupirs ! que de pleurs ! abandonnez la ville :
Fuyez votre cruelle & son fatal séjour ;
Peut-être fuirez-vous en même tems l'Amour.
Bravez tous les dangers, que rien ne vous arrête.
Le plus vil matelot affronte la tempête ;
Brave Eole en fureur, lutte contre les mers,
Pour dérober ses bras à la honte des fers ;
Et loin d'être touché des beautés d'une plage,
Il la fuit sans regret quand il fuit l'esclavage.

Souvent mille incidens traversent nos desseins.
Si vous ne pouvez fuir dans des Pays lointains,
Partez, bravez l'Amour dans le prochain village ;
A la douceur des champs livrez-vous sans partage.
Cérès, pendant l'été, flottant sur les sillons,
Charmera vos regards par l'or de ses moissons.
Au printems, vous verrez les larmes de l'Aurore
Briller sur les présens de Vertumne & de Flore.
Quand l'hiver rangera Neptune sous ses loix,
Qu'un lut, auprès du feu, résonne sous vos doigts ;
Dans l'automne, enrichi d'une liqueur vermeille,
L'Amour sera banni par le Dieu de la Treille.

La

La chasse peut encor diminuer vos maux :
Portez des coups mortels dans l'air & sous les eaux.

Essayez de calmer vos troubles & vos peines
Dans les perfides bras qui forgerent vos chaînes.
Paraissez empressé, voyez votre vainqueur,
Avant que l'art lui prête un secours imposteur :
Peut-être vainement chercherez-vous ces charmes
Dont l'éclat, quoique faux, vous fit rendre les armes ;
Et si l'on se dérobe à vos empressemens,
De votre guérison ces soins sont les garans.

Autour de sa toilette une femme jolie,
Voit d'un air satisfait grossir la compagnie :
Tout y flatte son goût, tout sert ses agrémens,
Tout sous ses étendarts range des Soupirans.
Un peignoir avec qui le Zéphire badine,
Glisse & découvre aux yeux une épaule divine ;
On veut le relever, on se courbe, & le sein
Se mutine & franchit les barrieres du lin.
De ce charmant desordre on feint d'être troublée,
On appelle à son aide une main potelée,
Qui se fait admirer, & découvre à son tour
L'yvoire éblouissant d'un bras fait par l'Amour.
Le Spectateur charmé lorgne tout, & desire ;
La belle qui le voit se rengorge & s'admire ;
Son esprit enhardi se joint à sa beauté,
Elle ravit les cœurs par sa vivacité :
Cent brillans précieux, témoins de sa victoire,
Elevent sur sa tête un trophée à sa gloire.
L'elixir enfermé dans cent flacons divers,
Se répand à grands flots & parfume les airs.

B

* Les femmes qu'outragea la bizarre nature,
Celles à qui les ans sillonnent la figure,
Choisissent prudemment un réduit à l'écart,
Pour cacher leur laideur sous le masque de l'art.
Tentez mille moyens, voyez votre maîtresse ;
Tandis que d'une main, conduite par l'adresse,
Sa discrète Marton, à grands coups de pinceau,
Lui peint en beau pastel l'iris d'un tein nouveau ;
De sa bouche sans dents rétablit la parure ;
De cheveux étrangers lui forme une coeffure ;
Bientôt vous cesserez d'aimer des agrémens
Qu'enfantent l'artifice & le goût des Marchands.

Le jeune & beau Damon logé près de Thémire ;
Pour elle ressentait ce que l'Amour inspire.
Toujours plus amoureux, chaque heure, chaque instant
Augmentaient les desirs du plus sincere Amant.
Un cœur bien enflammé trouve-t-il des cruelles ?
Thémire, de ce feu, sentait les étincelles ;
Elle le témoignait par des regards flatteurs :
Mais qu'elle vendait cher ces momens enchanteurs !
Elle était tyrannique, importante, legere ;
Elle avait l'esprit faux, un mauvais caractere.
L'Amant persécuté, le dépit dans le cœur,
Jurait de s'affranchir de ce fatal vainqueur.
Le projet était beau ; mais la perfide Amante
Offrait à ses regards une brune piquante :
Ses sourcils bien tirés ombrageaient deux beaux yeux ;
Son sein, qui paraissait le chef-d'œuvre des Dieux ,

____

* S'il n'y avait pas de femmes laides, les jolies n'auraient
aucun avantage. C'est ce qui m'a engagé à faire le portrait de
telles qui doivent leurs attraits à l'art.

Au sage Caton même eût fait rendre les armes ;
Du moment que Damon en contemplait les charmes,
Ses plus sages desseins cédaient à ses desirs ;
Il était entraîné par l'attrait des plaisirs.
Un jour écoutant trop les transports de son ame,
Il allait à midi rendre hommage à la Dame.
Il arrive à la porte, il la pousse en tremblant ;
Et bien-tôt un miroir à ses yeux complaisant,
Lui fait voir sa Beauté, qui, dans son lit assise,
Lisait d'un air ému la nouvelle Héloïse.
Elle avait seulement ses charmes du matin ;
Ses cheveux, ses sourcils, son œil droit, & son tein,
Attendaient au milieu des rubans & des glaces,
Que s'armant pour le soir elle reprit ses graces.
Damon qui n'apperçoit qu'un débris de beauté,
Croyant s'être mépris, recule épouvanté :
Mais il voit ce beau sein pour qui son cœur soupire,
Il se trouble, il s'émeut, au moment que Thémire,
Partageant les plaisirs que *Saint-Preux* * lui décrit,
Sent son cœur trop pressé par son manteau de lit :
Elle lâche un ruban, & sa gorge, ô disgrace !
En manquant de soutien, change bien-tôt de place ;
Perd dans ce même instant, pour comble de malheur,
Son élasticité, sa force, sa rondeur ;
Sa peau molle se ride & s'allonge avec elle ;
C'était le sein d'Hébé, c'est celui de Cibelle.
Damon guérit . . . . l'Amour fuit loin de son berceau ;
Et témoin de sa chûte, il croit voir son tombeau.

* C'est le nom qu'on a donné au héros de la nouvelle Héloïse.

CHANT III. *

Ce qui fert aux hommes peut nuire au beau fexe;
Remedes propres aux Dames feulement.

Hiſtoire d'Orphyſe & de Clitandre.

B Eau fexe c'eſt à vous que va parler ma Mufe ;
Trop heureux fi ce Chant vous fert & vous amufe ;
Et fi vous y trouvez ce bon goût , cet efprit ,
Qui dans tous vos propos nous frappe , nous ravit.
Que n'ai-je vos talens, fexe trop adorable !
Je fuis audacieux , mais je fuis excufable ;
Puifque je ne defire un bonheur auffi doux ,
Que pour vous préfenter des vers dignes de vous.
On pardonne aifément un jeune téméraire ,
Quand fa témérité naît du defir de plaire.

Un regard du Soleil fait fleurir le jafinin ,
De la belle-de-nuit il refferre le fein.
Le faule amer chérit les humides campagnes ;
La vigne veut parer le penchant des montagnes :
Ce qui tarit les pleurs des Galans maltraités ,
Peut nuire quelquefois à des tendres Beautés.
Quel Auteur nous apprend que la fille de l'Onde
Air laffé fes pigeons à parcourir le monde ?
Que ridant fur un livre un front plein de candeur ,
Elle ait follicité le bonnet de Doƈteur ?
Ou que fuivant les pas du fier Dieu de la Guerre ,

* Le réſte de cet Ouvrage ne doit rien à Ovide.

Elle aît, la lance en main, fait l'effroi de la Terre ?
Elle eût épouvanté les Graces & les Jeux ;
Ils auraient pris la fuite & les Ris avec eux.
La Déesse voyage à Paphos, à Cythere ;
Pour unique science, elle aime, elle sçait plaire ;
Ses armes sont ses yeux & ses divers appas ;
Si leurs coups enchanteurs font sentir le trépas,
Cette mort est si douce & si digne d'envie,
Que l'on en goûte mieux tout le prix de la vie.

Qu'un Amant malheureux habite les hameaux,
L'Amante doit les fuir, ils aigriraient ses maux ;
On ne peut y guérir qu'en s'occupant sans cesse.
Votre corps fut formé par la délicatesse,
Et le Dieu des Amours est un enfant mutin
Que l'on ne chasse point la navette à la main.
Le calme de nos bois, leur sombre solitude,
Livreraient trop votre ame à son inquiétude.
Le lierre, le zéphir, les oiseaux amoureux,
D'un cœur encore tendre exciteraient les feux,
Tout vous attristerait ; cette brillante rose,
Aux regards de Phébus à peine encore éclose,
Qui, d'un engagement craignant peu le danger,
Ouvre son tendre sein au papillon leger,
Rappelle à votre esprit votre folle tendresse,
Peut-être... le dirai-je, un peu trop de faiblesse.
Son Amant, qu'un matin voit épris de cent fleurs,
Peint trop bien à vos yeux l'objet de vos ardeurs. ...
Loin de vous ce tableau qui, sans rompre vos chaînes,
Redouble, en les peignant, la rigueur de vos peines.

Oubliez le tyran qui ternit vos beaux jours :

Oubliez jufqu'aux lieux témoins de vos amours.
« Ne dites-point : c'eft-là que me trouvant des charmes,
» Le perfide feignit de me rendre les armes :
» Sous ce berceau fleuri, d'un crayon impofteur,
» Il me peignit les feux que reffentait fon cœur :
» Sur cette chaife longue, un baifer plein de flamme,
» Apporta, malgré moi, le trouble dans mon ame »
Banniffez à jamais des pareils fouvenirs,
Ils enflamment les fens, le cœur & les defirs.
Voyez plûtôt l'ingrat près d'une autre maîtreffe,
Lui jurant de vous fuir & de l'aimer fans ceffe ;
Riant de vos tranfports, divulguant vos faveurs,
S'applaudiffant enfin de voir couler vos pleurs.

Dans les premiers tranfports qu'excite la tendreffe,
Un Amant eft charmé des traits de fa maîtreffe,
Il chante les appas dont fon cœur eft épris :
« Elle mériterait de détrôner Cypris.
» L'Amour la fuit par-tout ; fur fa bouche il refpire ;
» Il brille dans fes yeux, fur fon fein il foupire » :
Mais entraîné fouvent par fa legereté,
Ce n'eft plus pour fon cœur cette même Beauté ;
Il publie en tous lieux qu'elle n'a rien d'aimable :
Ce crime eft pour le fexe un crime impardonnable.
Découvrez, s'il fe peut, que votre indigne Amant
Aît eu pour vos appas ce mépris outrageant ;
Auffitôt le dépit & la rage & la haine,
En éloignant l'Amour, briferont votre chaîne.

Orphife à quatorze ans brillait de mille attraits ;
Elle ignorait encor que l'Amour eut des traits ;
Et pour tous les plaifirs pleine d'indifférence,

Le cloître dans son cœur avait la préférence.
Bien-tôt un mur funeste aux vœux de mille Amans,
Allait nous dérober l'éclat de ses beaux ans :
Mais Clitandre la voit, la contemple, l'admire,
Jure de la ranger sous l'amoureux empire.
Il possédait cet art, ce talent séducteur,
Qui frappe, qui prévient, qui blesse un jeune cœur.
Le goût le plus nouveau brillait dans sa parure ;
Il était connaisseur en dentelle, en coeffure ;
Il mariait sa voix aux plus doux instrumens ;
Son esprit vif, folâtre, avait mille agrémens ;
Il peignait bien ses maux, son espoir, ses alarmes,
Et savait à-propos répandre quelques larmes.
Il se fait présenter, il paraît complaisant ;
Il donne à ses douceurs le ton du sentiment ;
Il fait un faux portrait du penchant qui l'entraîne ;
« Il meurt, si son vainqueur ne partage sa chaîne ».
Orphyse écoute trop ces discours dangereux ;
Le cloître perd ses droits, & Clitandre est heureux :
Mais toujours entrainé par une ame legere,
Le bien dont il est sûr, n'a plus de quoi lui plaire ;
Et ne rougissant pas de manquer à sa foi,
Bien-tôt un autre objet le range sous sa loi.

Favori d'Apollon, toi qui sur le Parnasse
Brille depuis long-tems à la premiere place :
Toi qui connais si bien tous les ressorts du cœur,
Que n'ai-je en cet instant ton crayon enchanteur !
Je peindrais à quel point la jeune & tendre Orphyse
Regretta cet ingrat dont elle était éprise.
Un Adonis en robe, un Crésus Financier,
Un Abbé doucereux, un pétulant Guerrier,

Et mille autres envain oferent entreprendre
De bannir de fon cœur le trop heureux Clitandre :
Tous fes foins, fes foupirs étaient pour l'inconftant.
Ciel, fallait il qu'Orphyfe eût un pareil Amant !
Un jour n'écoutant plus que fa jaloufe rage,
Elle fait appeller le coureur du volage,
Et préfente fa bourfe à fes regards furpris.
Des charmes de Plutus le coureur eft épris,
Il fait voir un billet qu'il portait chez Elvire :
Orphyfe le faifit, & brûle de le lire ;
Elle l'ouvre, & fon ame a paffé dans fes yeux ;
Quel trouble la faifit ? & que lit-elle ? ô Dieux !

« Confultez, jeune Elvire, une glace fidele,
» Elle fçaura bannir tous vos foupçons jaloux :
» Orphyfe me déplaît, & n'eft pas affez belle
» Pour rappeller un cœur qui ne vit que pour vous.
Le perfide ! dit-elle, il infulte à mes charmes....
Dieux vengeurs !.... A ces mots, fes yeux noyés de
                    larmes,
Ne laiffent échapper que quelques feux mourans....
Sa chambre retentit de fes gémiffemens....
Ses fanglots redoublés s'arrêtent au paffage....
Son ame paraît fuir vers le fombre rivage....
Mais bien-tôt le dépit volant à fon fecours,
Rompt fes fers trop honteux & lui rend fes beaux jours.

CHANT IV.

Amans de l'un & de l'autre sexe supposés guéris.
Il faut aimer ; mais il faut faire un bon choix.
Esquisse des vrais & des faux Amans. Dou-
ceurs inséparables de l'union de deux cœurs bien
assortis.

Quel plaisir ! quel bonheur ! j'ai fait tarir vos larmes ;
Vous ne ressentez plus ce trouble, ces allarmes,
Ces dépits, ces regrets, cette agitation,
Enfans infortunés de votre passion,
Et votre cœur goûtant un destin plus paisible,
Brave l'indigne objet qui le rendait sensible.
Achevez ; faites vous le sort le plus brillant ;
Vengez-vous dans les bras d'un vainqueur complaisant ;
Qu'il suive votre goût, & jamais ses caprices ;
Vous connaîtrez alors l'Amour & ses délices :
Ce Dieu peindra vos lys du plus vif incarnat ;
A vos yeux presque éteints il rendra leur éclat ;
Vos propos brilleront d'une nouvelle grace,
Et des tristes soupirs les ris prendront la place.
Aimez ; tout le prescrit dans la jeune saison ;
Mais tâchez d'accorder l'Amour & la raison.

Consultez cette esquisse & votre expérience ;
Des faux, des vrais Amans voyez la différence :
Les uns font indiscrets, capricieux, jaloux,
Tous leurs propos galans font plus fades que doux ;

Le foupçon outrageant, la baffe perfidie,
La jaloufe fureur, l'affreufe tyrannie,
Sont les Dieux qu'ils font craindre à l'objet de leurs feux;
Leur tendreffe eft à charge, ils n'aiment que pour eux.
Les autres font inftruits par le Dieu de Cythere,
Tout annonce chez eux un cœur digne de plaire ;
Mille riens prévenans, un fon de voix flatteur,
Un feul gefte, un regard, tout peint leur vive ardeur ;
L'àimable fentiment les conduit, les anime,
Leur amour fe foutient & s'accroît par l'eftime :
Timides & foumis, par de fréquens foupirs,
Ils ofent feulement témoigner leurs defirs :
La tendre volupté, fon agréable empire,
Sans bannir la raifon, leur caufe un doux délire :
L'objet de leur amour eft leur fuprême bien ;
Ne vivant que pour lui, le monde entier n'eft rien :
Il touche, il remplit feul leur ame délicate ;
Son bonheur, fon plaifir eft tout ce qui les flatte.

Que vois-je! profitant d'une fage leçon,
* Orphyfe fe décide en faveur de * Damon :
Et Damon enchanté de la naïve Orphyfe
Peint à fes pieds le feu dont fon ame eft éprife.
L'un par l'autre vaincus, l'un de l'autre vainqueurs,
Ils mêlent leurs foupirs & confondent leurs cœurs.
Si l'Amante defire & s'empreffe de plaire,
C'eft moins par fes attraits que par un feu fincere ;
Et l'Amant délicat aurait moins de defirs,
Si l'Amour pour lui feul avait fait fes plaifirs.
Que le Dieu de Paphos foit toujours votre maître,

** Pour la régularité de mon plan, & pour la fatisfaction du lecteur, j'ai cru devoir ramener fur la fcene deux perfonnages, qui,
par leurs fentimens, méritaient d'être heureux.

Tous vos jours font à lui, puifqu'il vous a fait naître;
Cueillez, dignes Amans, les myrthes les plus doux ;
Dans les Cieux, s'il fe peut, faites mille jaloux :
Ne laiffez point éteindre une flamme fi belle ;
Comme le Dieu des cœurs, qu'elle foit immortelle;
Et puiffent vos tranfports, augmentant tous les jours,
Imiter ce ruiffeau qui groffit dans fon cours.

D'autres tems, d'autres mœurs, je veux que Mélanide,
Alcmene, Mithridate, Iphygenie, Armide,
Amufant vos loifirs, renouvellent vos feux.
Fréquentez nos jardins les plus voluptueux.
Lifez & dévorez les douces Poéfies,
Les cœurs font attendris par les tendres Génies.
Conduifez dans les champs l'objet de vos defirs :
Oubliez l'Univers dans les bras des plaifirs.
Pour vous, fur ces côteaux, les fleurs croiffent fans ceffe,
Dans ces fombres vallons tout vous peint la tendreffe,
Tout vous dit que l'Amour eft un charmant vainqueur,
Et qu'il fçait moins bleffer que rendre heureux un cœur.
Voyez comme Cloris, qu'un tendre amour infpire,
Applaudit aux chanfons que fon Berger foupire :
Loin de ce cher Amant rien ne lui paraît beau;
Des guirlandes de fleurs elle orne fon chapeau ;
Et trouvant que c'eft peu de couronner fa tête,
A combler fes defirs la Bergere s'apprête.
Ici, pour retenir le zéphire badin,
Les jeunes arbriffeaux qui peuplent ce jardin,
Se font tous décorés d'une tige fleurie ;
C'eft l'Amour qui leur donne une nouvelle vie.
Et quand nous entendons ce murmure charmant,
Que leur feuillage épais produit en s'agitant ;

Par ces tendres foupirs, par ce muet langage,
Ils chantent les bienfaits du Dieu qui les engage.

Gagnez ce verd bofquet, féjour délicieux,
Phébus n'y porte point un regard curieux.
Voyez fur cet ormeau la tendre tourterelle,
Qui toujours amoureufe & toujours plus fidelle,
Par des accens plaintifs rappelle fon Amant :
Il revient, & d'abord tous deux fe béquetant,
Peignent par leurs tranfports leur flamme, leur con-
        ftance,
Les ennuis, les chagrins que leur caufait l'abfence.

Quoi ! ce bois a porté le trouble dans vos fens ! . . . .
Il caufe à votre cœur mille faififfemens ! . . . .
La flamme de vos yeux s'élance en étincelles ; . . . .
Vous faites répéter à nos échos fideles,
Des mots entrecoupés par de fréquens foupirs ! . . . .
Mille brûlans baifers décellent vos defirs ; . . . .
Dieux, quelle émotion ! quel délire ! quel trouble !
Quel doux frémiffement ! chaque inftant le redouble. . .
Ce gazon émaillé fléchit fous votre poids . . . .
Vos ames pour s'unir s'échappent à la fois. . . . .
Loin d'ici curieux . . . puiffant Dieu de Cythere,
Viens, voile tes plaifirs des ombres du myftere.

F I N.